MO
SHANG
GE

马占祥

——著

陌上歌

黄河出版传媒集团
阳光出版社

图书在版编目（CIP）数据

陌上歌 / 马占祥著. -- 银川：阳光出版社，
2020.12
ISBN 978-7-5525-5727-5

Ⅰ. ①陌… Ⅱ. ①马… Ⅲ. ①诗集－中国－当代
Ⅳ. ①I227

中国版本图书馆CIP数据核字(2020)第272115号

陌上歌

马占祥　著

责任编辑　谢　瑞　申　佳
封面设计　晨　皓
责任印制　岳建宁

黄河出版传媒集团
阳　光　出　版　社　出版发行

出 版 人　薛文斌
地　　址　宁夏银川市北京东路139号出版大厦（750001）
网　　址　http://www.ygchbs.com
网上书店　http://shop129132959.taobao.com
电子信箱　yangguangchubanshe@163.com
邮购电话　0951-5014139
经　　销　全国新华书店
印刷装订　宁夏凤鸣彩印广告有限公司
印刷委托书号　（宁）0019917

开　　本　720mm×980mm　1/16
印　　张　10
字　　数　120千字
版　　次　2021年1月第1版
印　　次　2021年3月第1次印刷
书　　号　ISBN 978-7-5525-5727-5
定　　价　48.00元

目 录

辑一　群山：火焰的波澜

山中十二章 / 003

清明 / 007

山中岁月 / 008

下马关 / 009

野草歌 / 010

宁南 / 011

寓言 / 012

异人 / 013

地址：亚尔玛尼村 / 014

山野上 / 015

我认为的哭泣是这样的 / 016

一朵花的节日 / 017

青山令 / 018

一节烟火 / 019

一九七〇年的旧时光 / 020

轰隆隆的落日 / 021

山居一日 / 022

遥念 / 023

草木论 / 024

岁已暮矣 / 025

花儿赋 / 026

遮阳山 / 027

绝句 / 028

山中记述 / 031

摩崖 / 032

晚登山垣歌 / 033

给一部分山川读诗 / 034

致山垣 / 035

铁线莲 / 036

雪以后 / 037

山歌行 / 038

黄谷川遇花 / 039

路过马家大山 / 040

故事 / 041

塞下曲 / 042

噫吁嚱 / 043

山赋 / 044

西山辞 / 045

某年某月某日，夜晚读诗并记之 / 046

窑山 / 047

张掖行 / 048

冬月廿三，黄谷川，与李进祥踏雪 / 049

面对一座山的空茫 / 050

山花开 / 051

归途 / 052

山间的光亮映照草色 / 053

山畔之词 / 054

雪夜行 / 055

原壤歌 / 056

辑二　河流：花朵的浮雕

去年之词 / 059

逆时光 / 062

庚子年，正月 / 063

今晚月光 / 064

孟冬谣 / 065

三月叙事 / 066

黎明 / 067

韦州 / 068

疑问句 / 069

四月好 / 070

小园无风记 / 071

云尽处 / 072

小夜曲 / 073

五月雪 / 074

是日，河流穿过宁夏 / 075

拿羊皮的人 / 076

细雨已至 / 077

疏勒河：马蹄和梵音 / 078

河流 / 081

河畔笔记 / 082

深秋诗句 / 083

此处 / 084

明日即有大雨 / 085

峡口 / 086

薄阴天 / 087

傍晚时光 / 088

七月 / 089

闲杂记 / 090

为你而写 / 091

夜半 / 092

想起某人，不能释怀 / 093

风云起 / 094

晚安，一个人的县城 / 095

写给你 / 096

交谈 / 097

王团镇 / 098

傍晚的想法 / 103

葡萄园 / 104

路过九公里 / 105

宁夏 / 106

遥远之诗 / 107

离别想么词 / 108

苦籽蔓 / 109

南风歌 / 110

葡萄的序数词 / 111

西安城 / 112

六盘山镇 / 113

月光曲 / 114

念去去，时光陈旧如摇曳灯烛 / 119

深秋过黄河速记 / 120

雨水歌 / 121

山谷 / 122

原壤歌 / 123

一个下午的章节 / 124

我在花园中看到圆月 / 125

长提 / 126

仙岩辞 / 127

九月末 / 128

书页合住某人的一生 / 129

这些天 / 130

心有戚戚 / 131

有一年，我不满意 / 132

鸳鸯湖 / 133

陌上歌 / 134

秦长城 / 135

夜雨 / 136

七八颗星天外 / 137

古经说 / 138

时光的列车走向天边 / 139

山羊经 / 140

窑山盛产一切 / 144

关于一个湖泊的提纲 / 145

三天之喻 / 146

漫过人间的河流 / 147

尽余欢 / 148

阳春歌 / 149

月亮 / 150

五月 / 151

半个城 / 152

群山 ｜ 火焰的波澜

山中十二章

1

光在林间是锋利的。西北视角的布局：起伏、平缓的原野

还能容纳一棵大紫叶李朝向天空的意愿

麻雀，向着宁夏飞

2

窑洞间隙是秕草，以及秕草忘却的香气

在山畔，溪流深埋了月亮和星宿

它积攒多余的光，留着照耀人间

3

典籍里的训示：浮生若梦，若梦非梦

梦是空的花朵——沿着一节山路排开

山上的石头有禅意：红色的石头给暮色补上些许温暖

白的跌坐山间。石头上的插图

——火焰张开了翅膀

4

一本石头的书中必有花园、诗歌、河流和

山峦。乌鸦看护着黑夜

一群羊，沿着青草倾倒的命运走向远处

直至，远方

远方，有片暗示的湖泊

5

许多时候，飞鸟驻留于槐树枝丫

它们的方言弥漫着药草气息

它们的江山富足，而且，多雨

面对底层的草籽和虫豸

它们是有福的

他们大声说话，语气温婉

6

河水止处，有水喊叫水的声音

一条河绸缎般陷落

闪烁的光芒，在大地上嵌着锋刃

哦，遥远的火

熄灭节外生枝的余烬

留下黄金、喜鹊和云朵的块垒

在宁夏腹地隆起的山上

两只相爱的岩羊度过了春天

7

四月看花。五月等雨

五月的云朵呈暗黑色——孕育水的

云朵，被山托着才能飘起

村庄沉湎于玉米描绘的绿色

五月有雨：清新的雨在小城里

暴烈的雨落在山里——

坚硬的水在花朵里藏住天空

8

再次看到，一只小岩羊，沿着绝壁攀缘而去

一只小岩羊，毫不畏惧地球的陡峭

9

春天说出来的是，山上

只有一股风慢慢吹来。而

现在深春，苦籽蔓细密的花朵有了笑容

一只蝴蝶在马莲花上一动不动

——它有心事？或者是

爱？

10

为一条河设喻：它的三条支流

一条有流水

一条有蜜汁。一朵低下来的云朵

刚好醉落在最后一条河倒映的山畔

11

大地烁金。语言沉默。这是人间的旷野

有森林，有沙漠，有茂密和干涸

这才是能被认知的——另一面里

天堂也是生生不息的人间

12

雨水使人警醒，大雾使人迷惘

大地的幔帐之外

新月如刀。一棵月桂

告谕宁夏：山峦能拿出来的是云朵

尘世能拿出来的

人，都能拿出

各自的命运

清 明

路过山梁的风很熟悉：它吹着黄铜的号子起伏游走

河谷的遗迹上，青草记录了去年柴火的青嫩

有条路还白着，大片的白云落在上面的影子暗如薄纸

——他们都要回家

山梁的另一边，炊烟刚刚升起，群羊的白字写在山坡上

像风吹拂着一节经文，又像一段经文在慢慢走动

山中岁月

在庙山独行

和槐树结成阵营

撑起来的空

刚好容纳云朵的流离

我攒的词语不够抒情

庙山上住着的神仙我不认识

我是路人

跟山中的麻雀、鹞莺不熟

它们忽略了我

正如我忽略的风在路上轻轻地走着

它会走到山顶

它会轻轻地敲着门楣

我们在这里会再次相遇

而后，像一本经书里的喻示

再一次，分离

下马关

关隘——闪电中的城池

长过十里

十里以外

平原上的草，向着一个方向奔跑

云，在风中飘荡

我喜欢的人呐

有着沙棘般的发辫

像爱美的打碗碗花

在关隘的另一侧

想我

去年，我们在下马关种下的星星

已开始燃烧

光落在城池上

那些焦黄的土便升起来

——倒回去的时光里有欢喜的歌谣

野草歌

风吹草低：原野上的人轻轻俯下身子

有一粒草籽，会被捡起

遍野的草，忽然抬起头

天空的经文被读出来

地上的字迹茂密散乱

有人走了，风还在吹

远处的河流在歌唱

多年以后，风吹草低

整个原野俯下身子

护住一棵草籽

它刚刚冒出的草芽

有花朵的秘密

或许有一只手

轻轻放在上面

取下甜蜜

宁 南

有五十座山我还没翻过。有一万株草木我还叫不出名字

有一朵找不到方向的云——有时流落山巅

有时横在眼帘

洒下的雨珠，一瞬间

在苦籽蔓的红花上把锋刃一样的阳光反射到苍黄宁南

寓 言

不至于一个人念出歌词，不至于失去和声

有些声音仿佛马群

天空晴朗，在遥远的北方群山之间

牧人驱赶着西风

早开的杏花突然瘦了下去

我的猜测里，一朵云一定在山巅扎根

异 人

《博物志》说异人死去，心肝不腐

百年后化人复生。他们吃洋芋丝吗?

鲛人的泪珠应似月光闪耀

在异人的世界

有河流、山川

应如现在这般：远山上，唯有云朵趺坐

无人言说。如果再读一遍

我会"著紫葛"，携酒上山

遇"日南野女"

说时下应有之景

地址：亚尔玛尼村

有只鹞鹰在山间飞：它的影子

埋伏在地上。同样是香茅草：有的在山下

有的站在山巅——它们无权表达风的走向

我在亚尔玛尼村的病症是使用了形容词

记在牛皮纸页上的地址早已模糊

像是我老年的嗓音，诉说以前

我曾看着亚尔玛尼的山峦

无可修饰的词语

云朵的细节：越接近落日越像火炬

我能记住的是：有槐树巨大的树冠

叶子飘落在十月

像一封写给某人的信，地址斜躺在山坡上

山野上

我不识得山的名讳

只择一条小路上山

一朵云，在那里等我

那是被水洗过的云朵

风已开始唱歌

草木摇曳

我怀疑那些草木都是有神论者

——它们不识字，却指出路途

等我的云朵，是空

是寂静，是洁白的喊叫声

哦！喊着我的小名

s-a-l-i-h-e

它喊着，声色慷慨，节奏舒缓

盘山而上。我只喜欢向上的感觉

上面有青天

背后，是烟火烘熏的人间

我认为的哭泣是这样的

他说：日历上的光阴是陈旧的
高速路上一再被碾压的小狗不是灰尘

他说：基于烟尘般星空的碎火
乞讨者因肥胖获得病症

十万个人走了
一个人十万次地被放逐于人间

一朵花的节日

窗外，花圃还盛着剩余的风。刺梅仅有一朵花
坚持摇摆——静寂之声在眼中晃动
在一栋倾斜的楼宇底层，我看不到天空的云

哦，那多云的天空在九月的暮晚
会使人想起远方——远过东山，和东山即逝的光芒
有萧萧初秋的邈远意味

没人和我说话，带着一本书里的描摹去古代
看看那里的人，是否也如我这般
与一朵花保持默契

只是今日也已别去。在广袤的西北一隅
一朵花守着自己的节日。一个人看着风生
云朵卸下衣衫，靠着山峦闭上双眼

我想和人们说话，或者你、你们
用一朵花来度过我们的节日
只是，时辰已过，暮秋的风翻墙而过

青山令

一棵低矮的刺槐要飞起来

它的枝丫做翅膀状

在青山一侧

一棵刺槐跃跃欲试

鹰隼可以再高点

还可以再黑一点

像嵌在晴空的一颗眼瞳

打量人间的眼神短暂迅捷

我已到山腰的阴影处

从草间的野狐、黑蛇

成群的蚂蚁，与我抬头

看着苍茫天空时，一样不言不语

一节烟火

小县城有古籍，但，身世已经模糊
一个人读书时，字里行间
沙枣开花。另一个人说：来
我也有普遍的焦虑
印证了山中草药清苦的一生

夜晚，当归于静寂
时代的夜晚呵，有人洗净书上的灰尘
念念有词：你
给我开门——
打开月亮的光

你说：我们过好日子
我为你入厨房，熬好丸子汤
看你读书
写下虚无
成全文字

二月二，我在小县城的
文化北街一角
给你唱花儿：
高山上有很多牡丹
白牡丹白得很着呢

一九七〇年的旧时光

春日渐渐沦为过渡

我记得去年的草场上，几只呱呱鸡跳得不高

我看着它们跳跃，羽毛甚丰

时间退回四十年

它们还是跳跃前行。在我能记得的

春天里，它们的爱情圆圆的，像山窝里的蛋

如果你骑驴看书，在庙儿岭的山坡上

无边的糜子才是诗行的间距

小的地方有小的暖和

小的地方。七〇年。山崀上，窑洞用深邃的

目光俯瞰人间。小县城里，槐花还是白的

寄寓相思的花草，是没有的

轰隆隆的落日

在山里，突然想回到过去
过去的山川有好看的沟壑，河流会接住夕光
最美的一段。家门口的坡地上，苦荞都很绅士
那时，我还没遇到你
我在春天给枣树浇水
一直到它在绿叶间露出羞涩的绯红眼神

现在，我在山里，只静静看着轰隆隆的落日
低下头，在一座寺庙后藏下余光

山居一日

不能轻视芨芨草尖刻的叶梢

它们试图表达风，表达土地深渊

在山中，也不能轻视红蚂蚁

它们的社会井然有序

我不比水蓬草上歇息的克里姬蜂

见多识广。风刮着

潜伏在槐树里的火就开出

白色的花朵

山居一日，我胸中云气澎湃

众多草木和虫豸气定神闲

山峰直逼宇宙，一起一伏，卓尔不群

都是我头角峥嵘的浩大背景

遥 念

还不见雪花。人间在左，左是一个祈使句

不用感叹词。我要创造的句式

"我想的人在建造寺庙"

嘿嘿，暮年的冬天不会有雨啊

雨是一条淋湿的狗

咬我，咬冬天，咬着人间的尾巴

你看，风又换了靴子

趔趄，浩荡，低垂右手，把去年的种子赐予大地

来年，定有一朵花轻轻摇曳

草木论

草木也有失语症——没有风的时候，它们不会说话

它们没有喉咙。它们的词语都是附加的单音节

我认为它们的哭声是，唰唰

它们的笑声也是。有花朵的苦籽蔓和肥大的水蓬都是绿色的

老了的箭杆杨不是，它的躯干是枯黄的肤色

它们都是活在黄土上的公民

秋天放弃一个省份的绿，春天会柔软着想去年

岁已暮矣

一年来，我和我的影子说话。我的文字都已奔赴远方
它们在各自的纸页中表达，有些已深埋在书本中
自此再无消息。一年来，我还爱着——我不能妄言
那些致命的爱，也是颓废的、耗尽欲望的和少有烟火气的

现在，身体和诗歌里的美一样老了，册页泛黄，骨质疏松
这具破败的肉身空着，藏不下太多的秘密，还有悲悯
一年来，我的荒芜在纸页上丛生。在来路和前途上总有
圆月相伴。呵，年末之月，又大又圆，像个句号

花儿赋

黄花收藏金子

白花收藏银子

苦籽蔓绿色的细流上泛起粉红的小浪花

蒲公英在天空盛开

哦，风的漩涡是苍茫的

更快乐的云朵没有改变走向

在山中，花儿朵朵都有细微的繁华

五颜六色的庙宇都建在山坡

一朵垂垂危矣的马莲花，低头，说：美

遮阳山

如此静幽之处，风向着同一个方向走去

人间已远，像往事

我能在水中捞起一段阳光

最亮的部分湿淋淋的，像极一个人的眼神

止水细流，沿途的苇草也向着同一个方向奔跑

它们在人世之外获得了姓氏，拒绝苟同

一条小道指向深处——花朵的内心是红色的

像我一样，心里还存有孤单

绝 句

1

我以流水之声复习一段山峦的倒影

山上，有天空虚构的光荡漾

流动，曲折——你的影子留下暗

被风吹得恍兮惚兮，藏在云朵下

2

我给你念的经文使用的祈使句

像一株香茅草：细，薄，尖锐。嵌入嘴角留下的

酒渍。断续之星空提前进入迷幻

我承担了后半夜的漫长

3

有一节村镇蜿蜒小路。我们是掉队的人

路畔的燕芨芨草开花了

那么小

那么多，都是淡黄的火

4

持续的语言接受暴雨，越干净

越长，牵着经纬和征尘

我有致命的欢愉

你的激流遇到峡谷

5

"我愿意，这花是吉庆的礼遇"

"我不离开，我守着你的坟念经"

"我缺失的盟约还在，只是光……"

"嗯！有蕴含的闪电的爱"

6

谁在逝去的黑夜杀害语言

清晨的光是有权利点燃红柳的

我们循规蹈矩的意愿

既是欢愉，也是苦难

7

当光还在暗淡的时候

当风声被集合的时候

当呐喊臻于无声的时候

当我给你一出剧目的时候

8

除非你确已明了

小城镇的相遇奉行古老的法则

我，将往哪里

你即现在

9

从一场盛宴退出，石器炫耀战果

转身离开今天的含义

我说：与你何干

那惊慌失措的花蕾

10

我写的，都是我的黄金

我要的证据：成为纯洁的人

回首关山：一朵云在空中开始描摹

一朵云，张开翅膀，留下伏笔

山中记述

一朵花的婉约不敌一阵风的轻狂——某人的说辞

一棵桃树在三月打开身体，给山坡涂上一片洇湿的绿

我们经历过的跌宕山峦、曲折草木和无限晴空

都有着自己的秘密。我们走过的山路，一直升到天空

刚好能接住的一朵云的洁白。你的风还吹着。我给

一只路过的麻雀带了口信：山中，隔日的孤独竟如此漫长

摩 崖

字和苔藓结拜——字埋伏在石头里

一些故事和过往在石头里红着，或者黑

坚硬而锋利

苔藓给石头穿上外套，像是要把春天挡在石头之外

时光之河，在冬天也不会断流

一年，十年，汤汤而去

肯定有人摩挲过题跋的那个名字

凉的，可是清晰

那些字像舍利子，意义还有待考证

无论喜剧，无论悲剧

"非巍然巨制乎？"

字上的藓芽安身立命，有白驹过隙的美

是的，山上的石头必有柔软之处

当月光照耀下来，它的暗影静寂、崎岖

没有响声

没有易碎的伤痕或爱恋的光泽

晚登山垣歌

晚登山垣,看闲云,看一群鸟飞翔的孤单。"天地有大美"

天地间,一股风慢且寂寥地吹过,那么慢——吹拂

那么寂寥——像徘徊的神祇。在山垣

我和自己的影子保持合适的距离,互为隐喻

像两株同病相怜的香茅草相依为命。夜色的大幕即将遮住

人间的戏份,人间灯火点亮漫天星光

我已被风吹空——我的影子像热爱过后留下的残缺灰烬

给一部分山川读诗

面对一部分山川，我写过：世界如此之大，大的空洞而苍茫

我小，小得可以忽略——且不能盛下所有幻象和恐惧

我读她的肉身给我温度——她山上的莎草是我要操持的语言

我读的诗句崎岖陡峭——汉语打着结巴，文字迷失于纸页

致山垣

现在，牧羊人也该睡去，一些羊群起伏的身姿比山垣曲折
现在，星火照耀人类，绸缎般柔软的梦迹缀着细雨和青草
现在，一个人在内心的谣曲慢慢低下去。在山脚
没有鹞鹰，没有紫槐，没有风雨，没有远方
也没有人间的荒凉，哦，没有空做姿态的戏剧唱腔

铁线莲

一朵花抱着石头。一朵花必有不可告人之处

它低于人类开放，像铁心肠的佛

它呈现的美走投无路

我无法爱它，它早已名花有主

我是下里巴人，心有世俗的爱恋和悲伤

这悲伤来自我远离人世

独自走在山中，突然想起

小小的花朵，攥着小小的籽，凋谢般放弃美丽

雪以后

这冬日晴好，雪花纷纷亡逸。它们颓败得比春天的花朵还急
急得没留下来到人世的依据。我驱车上山，向晚的夕阳
提着橘黄的灯笼走在山脊上——山湾里小团的亮光忽闪
那是谁的？山下，小城里的灯火一盏一盏都是温暖

它们整齐地沿街道画出线条，把我们的生活拆卸成三六九等
我喜爱这深层次的冷——可以哈气直腰，卸下一部分沉重
回家路上，我保持晚风的诸般辽阔，在路过坟茔时
能清晰地看到枯黄的茅草还长在故人坟堆上，迎风晃动

山歌行

我说的故事比较遥远。那时，我们率领风

我们的路途有起始没有终点，沿途的黄土路

隆起或劈下的浅白色，柔软、单调、暖和

它那么长，有着曲折之美——爬到高高的山顶

我们在沟壑边缘忘了人间

山上的槐树黑骨头自有参差皴法

几朵野花咬紧牙齿，花蕊尚未暴露秘密

几只野雁？乌鸦？向西抑或向南飞去，归巢

它们卸下语言和表达

我们的故事有着美好的结局，像没有出处的诗句

保持对仗，随后而来的风有着美好的悲伤

也有美好的歌声

黄谷川遇花

在黄谷川，沟壑比苍老更甚。有些人埋在山畔
傍晚时分，躺着乘凉。天空的悠悠白云
也可以落在山顶——它们也是躺着的
这样无所事事地在山里行走，体内只能存留
两级的微风

在沟壑边遇见的四朵苦籽蔓花
一朵粉的，一朵蓝的，两朵白的
像四个人，想着自己的事
心不在焉地开着
任凭风一遍一遍，擦拭美的锋刃

路过马家大山

路过马家大山，我的视野之内

遍地羊群只是过客

牧羊人身背苍茫群山，在风中摇曳

梭草怀抱焰火，槐树挺直身子

"峰峦如聚，波涛如怒"

从一个刚刚入睡的林边经过

我就看到风

早已突围，呼啸而去

故 事

我在半个城的四十年，多次发现山峦低矮

有些屋舍里攒着铜钱，购买去年、今年。明年还在山坡上

有十里长河，瘦，且小，风一吹，没人看见波澜

我爱着的燕芨芨草抱着梦，在半个城畔的田地里

熟睡。它忽视河流，忽视山丘

五米埋一节骨头，十里有个故乡

半个城里有人关着铁质门楣，拒绝信任

像古代。我给过爱——比如某个女人

比如一杯蓬勃烟气的带有地域色彩的茶

最后，都是秘址。只有我在说

嘿，没有故事，虚妄和真实都不可信

塞下曲

我不骑马，我坐车
在高原狭窄的路上走往云朵的落脚处
长树短草，长垣短岽
长天——挂在山边

我不奢望富足或失落的王朝给我明证
我满眼"春色未曾看"
"处处黄芦草"长得茂密端庄
我在西北高原

天狼星被积雪覆盖
我慷慨心声
只见烟尘，只见北风吹着草
吹着我华色渐失的万里长调和
五言绝句的阔大背景

噫吁嚱

冬日，天空提着云朵的白裙子

一块蓝皮肤的旧影像，自天狼星下铺开

隐喻闪耀荣光，天上的河流倒映人间的戏剧

一个人耻于与风争斗，说出来的话比冬天沉重

"我的闪电、我的草木、我的白色

我的君王已经陷于黑夜，那里有块闪电的结石"

噫吁嚱，一条路径的曲折

在西山，在云尽处

勾勒出宏大的梦境，仿佛磐石

仿佛大海扬起的声音

山　赋

我当对你说：我远离了它们，远离绵延之山

我的描摹抱残守缺，即使山巅在弥补晴空的高度

低处垂云历练风

一些无名野草走在同一条路上

我不愿打扰这静

雀群只散布槐树枝尖的黑

一只，两只，三只，甚至更多

这无用之词不能形容

"峰峦如聚，波涛如怒"

我当对你说：蒿草衣衫陈旧，我看青山寥廓

或许沉重，一起一伏之重

西山辞

我记在笔记本上的句子如下：

一道门槛挡住积云向西的脚步

旷野多么低沉，我烙在地上

像灰烬的影子是暗灰色——那不是我

我远离西山，一点一点地在暗中磅礴

某年某月某日，夜晚读诗并记之

我活在一堆书本之间，缘于森林的纸页上有迷幻云烟
文字的年轮有限，或者无限，都长不出好看的花朵
有些平仄曾形容人间
有些声律的落脚点已经泛黄

某年某月某日，阳光忙着回家
月亮在暗处静静升起。我能记起的
至今，都像书本一册一册横竖码放在心里
有的厚，有的薄如蝉翼

窑 山

窑山顶上有水的遗址，窑山顶上也有骨头和木头的遗址

窑山抬起了云朵的宫殿，箭杆杨呈现给风的是绿色心血

山顶的草芥向高处喊叫，喜鹊空着手

零散的窑洞，用浅黑色的瞳仁盯住天空

张着嘴巴没有说出话来

——有些窑洞是住过人的，有些也埋过人

张掖行

有一座蔓延之山，无边无际，名曰祁连，山上烧着大火
陡峭的火焰像红色经幡。我想要是有场大雪
火焰就会冷下来。在那座名叫张掖的城池里
我想着的那个人就会来看我，身披白雪的幕帐

我就不会像现在抱着风声看火，看自己的血
往高处飞，留下骨头像一截枯木撑着念想

冬月廿三，黄谷川，与李进祥踏雪

我们身边是一世周全的风，青山兀自妩媚，雪野兀自辽阔
山中氤氲雾气给沟壑遍布的大地更添低沉阴影
那多病的大地啊！它的黄土上曾有我们步履维艰

你看，山脚的窑洞用黑色的眼光打量我们身后
我们就在这雪野关心春天，关心米谷的命运
我们怀有真挚的喜悦

依然对一条切肤的沟壑和凸起过额头的山峦保持敬意
我们依然披着风。当满山的苍白上升到天空时
一回头，我们就老了，老得苍翠，老得找不到内心的灯火

面对一座山的空茫

只在路过时抬头，一朵云在空中驻足，没有挡住麻雀的
叫声。我目睹了一场战争，风在敲打矮矮的灌木和莎草
我是从下面看的。上空，一只黄鹂子翅翼张开
一动不动，它心有慈悲，面对飞蹿的黄鼠时合拢翅膀
我在山中无所事事，面对如此空茫
我觉察到的光芒都是空洞的
有着远离人世的苍凉

山花开

以前，我认识的花朵都开在野外

就像父亲的村子在城郊，孤零零地

自己开着。以前的花不会跑

现在，花都跑到山上躲起来。我的父亲

也躲在一堆土里。我到山上才能找到它们

面对一堆土时，我才会想起以前的花

有马莲、苦籽蔓、燕芨芨草、猫头刺……

遇到陌生的花朵，我就会问父亲

不用跑到山里。现在

无人可问

归 途

没有山坡羊，没有炊烟，没有老槐树在村口眺望
那些都是往事了，像烟尘
风一吹，一座山找不到归途
一个春天路过夏天

一个人被寄到异乡。小城里农业时代的
语气：一亩地的原野上
星火闪耀
有很多故事，芨芨草还没有说出

二十年，相对于河流而言
漫不经心地拐弯
一朵野花
垂下头颅，躲过路人的脚步

山间的光亮映照草色

花路坡上有落落蓬——铺在地上的草

像写在纸上的字，记下的事

只在春天、夏天和秋天是绿色的

花落坡驮着的晚霭夕阳才是弃我而去者

我想着的人哪——像风拂过

却渺无音讯。一个人在花路坡上

与名叫落落蓬的草宛如知己

想说什么，却不知道说什么

只有微暗的光亮清白着

喻示的冬天会有漫天的花朵，多好

——是日，山间的光亮映照草色

一株草才是劝我留者

山畔之词

杂草荒如文字

随后而至的风潜伏在深深的沟壑

秘密——纸页般低海拔的荒原

山中日月清晰可见

我呈现给你的是爱意

一次舒缓的相遇

在山畔上的幽静之处——是我写下的

雪夜行

我看到的景物是直观的
白布匹一样的雪裹住了原野
在城郊，薄霭中的星子透着冷光
风有着褶皱

去年的玉米秸秆不再苟活
黑黝黝的。我想起来的诗句
不抒情：哦，江山，寒暖
一些词栽种在黄土上

我确实背对了人间的一部分
逆风的爱是我还攥着的
我区别于玉米——我亲爱的影子躺着
我有荒芜之意，雪夜有广袤之美

原壤歌

山川高哪，高过月光

月光清凉。一朵野棉花

烧着绿火焰

红柳提示河流

铁线莲开在山腰

我在八月听到的歌声太陡峭

"山里的山丹山里开，川里的马莲是韭菜"

你看，西风已经吹开天空的花朵

露出贺兰山巅上的圆月亮

河流 | 花朵的浮雕

去年之词

1

干净的云朵，是一个疑问句

水之一侧的草木

是岸芷

是雪花底下的香气

傍晚，微风在水面上

留下的信件

用两个词描绘春天的样子

——副词是声音，形容词是给你的孤独

2

我的右手无诗书可拿，正好空着

左手呈给你的证词

在西北边陲

浸着汉字的骨血

汤汤向东而去。我的名字

即佐证。灼热的国度里

地平线上的异象是

月光轻轻屏住呼吸

3

时间之书，翻过一页河流的歧途

年关之初的月份里

中国的星星，在山头

点着灯笼

我和你的村庄里响着歌谣

歌词里的炊烟老了

村前的槐树上

红嘴鸠流下思念的泪水

4

一年前，我在山间

一年前，风吹辽阔。花朵的

哲学意义

仿佛是空

我不是独自一个

至少，你在山湾处留下了影子

我提笔写下：明月落魄

山河寂静

5

我不能忘怀的是明月、山峦和你

一年前，我的罪过，无处申冤

今年，头疼、腹胀

第七个椎骨的钟声响在体外

我该撤退。一个小县城里的爱恨

会有多大？炊烟偶尔升起

河流偶尔停滞

我，在今年，存下语言的汹涌

6

我还停留在傍晚

只是，去年的账目模糊

不能清算

一道河岸上，灯塔的影子

记录了去年的过往。弯月

在山侧藏下身子，细微的光芒

如微尘，如神迹，如谕示

逆时光

枯叶落在花园。一条河还封冻在地底

我看见，一缕阳光闪着细碎的白退回到天空

缓慢而轻盈

一个季节刚刚过去，一个月？或者

三个月

第五个月，花朵会在园里

把阳光再次呈送给我看。而，现在

大地上，每个叶片用一个简单的字

记下，一条静默的河流自叶脉中静静流过

庚子年，正月

截取一角阳光，放在水中。那坚硬厚实的海水

还在南方某处，浸淹的病症细若微丝

我们怀揣的诗歌旨意已不能作卑微的抒情

逝去者，一个、三个、六个、十一个、十六个

人类心怀灯火。金黄的阳光还在，却无光芒可盛

一片云，淡淡的暗影落在庚子年，落在正月的大地

今晚月光

春天到来十日，花依旧未开

今晚，月光只照着自己

和我一起写作的人，又开始翻书

深夜，月光已经跑到同心城

人间的事，刚好都在身外

看不见云朵，我想你的天空

正好在梦中。一年过去了

我们除了在几本书的故事里温习前半生

谁还会去一片湖泊找自己的影子

——湖泊里的波浪都在开心地摇晃

黑是夜晚才有的时间

如果甜蜜只存于梦中

我早就走过了中年

我借一缕光芒看见自己

并把自己放在你的梦中

一点点温暖

如一张人造虎皮轻轻盖住你

孟冬谣

雪是不羁的

将喜鹊在钻天杨上的窝巢

河流静止的水面

小县城里此起彼伏的屋舍

山垣隆起的一角空阔处

都渲染成留白

路过这人间的洁白

我看到的物事，没有区别

我像一个黑着的异类

风吹过时，我冷

肩膀上的雪花会慢慢飘落

只有布满发梢的白

吹啊，吹啊

怎么也吹不下

三月叙事

槐树背面，太阳的词语黑着
像一小块心病，大而无当
风吹走的叶子宛若铜钱

我将遇到新鲜的春天
在一个叶苞上预示三月
风吹得很干净

积雪尚未埋下山峦
我的抒情诗韵脚布满纸页
哦，应该有梦
寂寥、明亮、细微的甜美

黎　明

空着的人间

尚有星宿护佑光

小县城的梦还在西北苍茫中

古代的曲令

起始于此

风是薄的

草是厚的

一个春天刚刚萌发

一个人朗读的声音里没有尘埃

韦 州

我在河谷之侧

第七日之风怀藏云朵

茅草失去了城池

我还在找你

昨日之花朵四溢香气

今日之水湄静默无语

疑问句

请教一个问题：我曾经见过的人很多

他们像云朵，风一吹就分离流散

只留下四月落地的花瓣

有些像树，或槐或榆

只有一株常春藤还在

直到有天，我翻开卷曲的册页

才能找到他们的笑容

那时，他们都枝青叶茂，香气多于流水的

铺陈。有舟楫摆渡尘缘

有空白填充苦乐

比起别离的悲伤，思念的嫩芽会更疼

比起路途的遥远，回头的观望会更空

要用多大气力翻起泛黄的一页

会有多重？会有多沉？

四月好

四月，原野上有人种的花

开得好看

红的真的像火，白的的确像雪

四月，原野上有人种下麦子

胡麻和糜子

风已吹过山冈

它吹落的花瓣还在地上

它的呜呜声在说：四月好

只是，云朵里雨意浓烈

水痕清浅

在四月，花开得好看

种子睡在水里

我在风里

小园无风记

风吹来一道光，若负鲲鹏

一园之内，七八棵树可入庄子

蔓草，丛生于诗经

我有不羁之心

不可辜负

一角天地之真实处：

我又见马莲花开

小块的紫色挤在一起

虚构之银汁，滚动于蕊间

香气里有静寂的喜悦

云尽处

在山上，云朵打开门楣，众鸟的翅羽藏在风中
江山的气象宏大，草木说服自己流下泪水。
心中的句子：一条河里的黄金都是献给人间的
云朵浮在山间，十分美好
云尽处，一轮斜阳的齿轮轰鸣着路过人间
也十分美好

小夜曲

又是月亮，将银子的光芒倾泻到人间

槐树拥有了私密的影子。白天能见到的花朵，现在

不是红，亦不是白，只留下香气暗淡的黑影子

小城镇的影子是亮的

我的影子保持了沉默。你的

我们的影子都有来路，来无可来

我们，也有归途，去无可去

世界上的光芒还在。我们内心的火焰还烧着

身披银光，一条路

很长，这个夜晚

也很长

五月雪

五月雪下在隆德县，没有翻过寨科山

同心县的风吹得无聊而落寞

有些寒冷的意思

核桃树和沙枣树做出同样的摇摆姿势

几朵云被吹得乱跑

我在纸页上写下：雪

光阴的空白处都是旧的花朵

五月，同心县没有下雪

有个人站在隆德县的雪中

不肯说话

是日，河流穿过宁夏

是日，河流穿过宁夏运走一群归鸟

河流长啊！流水一去不复返

在辽阔的北方，群山都是矮子

我比群山矮，更矮的是河畔那些有名字的

和等着被给予名字的丛草

众鸟已在斜阳里落到山坡

之下，一条河的忧伤是曲折的

我在沙坡头见它时，它藏在峡谷里

在河套见它时，波光闪亮

我无法用比喻句形容汤汤黄色

我和那些野草一样

经过沙砾地，还有质地细密的黄土

看着被流水带走一些浑浊

穿过宁夏的城市时，河流很急

它也明白，人间如河流，一样泥沙俱下

拿羊皮的人

拿羊皮的人披着薄斗篷，走过街道。人群迷乱

一群虚构的羊渡过逼仄的河流，爬上阳光的山坡

城市之外——隆起的山峦上，藏着火的石头滚动

牧羊人，将丛草的名字命名为草

手里攥着闪电的鞭子，驱赶雄性的、仰头看天的岩羊

如今，它的皮在城市里

在一个人的手里

街角的摄像头像枪口

瞄准每一个路过的人，像瞄准山上的羊只

在瞄准拿着羊皮的人时，会多停一秒

细雨已至

傍晚时分，灯盏既亮

翻读《庄子》至：夫有土者，有大物也

窗外，小院草木葱茏

云朵之下的微风只能摇动云杉的枝尖

蓦然的细雨阑珊而下

我又读到的是

汝徒处无为，而物自化

疏勒河：马蹄和梵音

河水里奔驰的马蹄声

响在云外

回声溺在水里

泛着白花朵

一平方米的急流含糊地

表达天空的曲折

又精确地呈现自己起伏的

心态

我把目光搁置在

一朵流淌的

云朵上

它的白

只能在水中保持

峡谷做蜿蜒状

身后的祁连

——像马匹凌波而来

游鱼是危险的

它们披着月光的铠甲

有着北方海拔近四千米的

野性。在玉门关

它们沉下身子

听取经文和梵音

春风可以作证

——它们都是良民

群山驮着月光

疏勒河的扇面上

五级大风吹奏辽阔

旷野上有花朵

香气里细碎的雷电

砂砾般坚硬

此时，应有过雨

于天空疾驰

水出南山

其名疏勒

轻轻晃动西北的一部分

川流而过的山峦

麦草垛一般黄亮

它里面的原浆

供养人，供养马匹和神像

其音，散做虚无

一条河流的喜悦

不在流淌和微澜

而在于跌宕与光芒

往西，苇草在水湄设伏

几只投诚的鸟雀

皈依于山脚

仿佛人类

心怀虔诚，与水盟约

河 流

云朵预定的一节水流，刚好拐过一丛红柳。河道两岸有

白花朵相互交叠，如一本史册的页眉

我能读到的是，风吹过来，历代江山的留存兀自轻微摇晃

波澜收藏的声音细微，小于浪潮拍向天空的激越

其间，有一株红柳旗帜般

孤零零地在河畔站着。它有着自己的见解和视野

只是，它上面驻足的地麻雀警惕地看着人间

在叙述河流时，我已经像卵石一样被河流遗弃

年轻的水向前走。年老的水停下来梳理沙砾的鬃毛

一切河岸边生息的人群和牲畜，都是河流备份下来的字句

从高处走向低处，走向光焰

国度、无止境的言辞和幽深的林木

空着的河流熄灭灯火，毕生的经历无非是

古代、当代和现在

河畔笔记

夕阳抱着自己的火取暖。在傍晚的余热中，光
毅然投入水中，它的影子长而寂寞
某个人在河畔理顺风的吹向，山峦从北到南扛着枯黄草色
一座凉亭里透出香火袅袅的花朵

平静的水只在傍晚恍然亮起，微黄的亮光，暗淡的亮光
不能折射苇草，所有能看到的目光都波光粼粼
我对夕阳保持了陌生感
水与山峦相接处，是被稀释模糊的线条

某人在河畔又一次正视自己，细小的心绪散出红柳的气息
我在数着字，给一条细流重新命名
流水里的苍茫面积太大，翻涌着
汩汩而去，只有光芒和人影被流水轻轻摇曳

深秋诗句

劈柴点火，火烧着木头的疼痛
风吹水起，水中微澜荡着风的秩序

呵，想上山看远去的云朵里的神
但，圆月的深井被冷光填满

多少年，关于秋天的记录甚短
如，见字如晤

低头看花的遗迹
旷野里，我只能站在风的队伍之末

此 处

此处甚好，看古代的书

喝明前茶。一朵云挡住月亮的侧脸

此处不在庞大的现当代

纸页上，文字交付于美好的摹写

我只喜欢形容词，让我惊叹于身在小城一隅

目视辽阔的星群如前世留下的尘埃

此处甚好，无人可谈人间诸事

有人敲门："我心里一池春水，波澜

刚好涌起，浪花、游鱼如今已老。"

明日即有大雨

无数水将会自天空列阵而来
它们隐藏身份和名目
会发出唰唰的声势

我很期待。城外的河流会将自己独立出来吗
一切将成为柔软而朦胧的半透明物事
江山会静下来，成为一个词语

或许，有人会给垂下的花朵重新命名
我想，她会有美好的笑容
闪着微小的亮光，无需语言赞美

峡 口

或许，一节河流在经历九月的峡口时

会被我误读为诗歌的断句，是七律时代的大美

有崖槐的陡峭

水是误区，沦陷的声音，在燕荿荿花旁歪歪扭扭

天空高远—— 一个人心里的陡峭

大于山中庙宇

野火烧着水

花朵笑春风

麻雀的一生，耻于护佑

你不找我，我是孤独的

你要找我

眼泪的河流，反射光——等待赦免

薄阴天

我看着云朵披上黑色幔衣

树也披上

像影子

我念春风三过心间，带着缓慢的音符

春风的宏大叙事

在于吹过山峦般的楼宇

树已斑驳年暮

薄阴天不适宜读诗书。食指长出绿枝条

左眼逆光。唉，这暂时的设喻

傍晚时光

庚子年初春傍晚，花没开

云在天边藏下余光

地球像粒弹珠，滚动到 B 面

风吹到窗前，看我的眼神像亲人

他说：不能辜负身边河流

水中积攒的星子不重

你对另一个自己保持的沉默

在傍晚，应该是温热的

一条流水里埋着

四十多年的咳嗽

潺潺的流向过去

傍晚，余光如刺

刺尖闪着粉红色晚霞般的

轻盈

七 月

新月眯眼，打量人间

我在二十四楼，夜空里的星星伸手可摘

——哥特式屋脊上的那颗很小

照不亮人间

在二十四楼，我更像寄居于一棵参天水泥巨树里的虫子

风的叶子，玻璃的叶子在光线里流动着空幻

色泽艳丽，可以做月光的床

轻轻摇晃，轻轻荡漾

七月末，我自山中而来，寄身于孤岛般的楼宇

心中存有绿意。楼下人群的河流汤汤而去

闪透碎光，颓溃而隐秘，没有波浪

——天上的河流里微微泛出水光

闲杂记

辛亥日，读书，与友人坐于庭室
相顾无言。内心忽想起一节诗句

我们的咏叹调如此单薄
不能给人朗诵的缘由

或者，这不是诗句。我要反对修辞
赞美荒野里空无一人

时间的暴力被花朵的色泽映红
我喝茶水，你喝茶水

没有什么
寂静的狂欢，只留下虚幻

为你而写

彻夜难眠者，心里的书页都是抒情词语

天井里，围栏，石径，勾出虚影的刺玫

都在前半夜有了观众

丛草围成一圈

星光照过去

做梦的麻雀给光线标上停顿的句读

这屋舍如大船，看书的人在摇晃

必有人突然惊起，叫喊着：我对这个时代

没有撒谎

星光斑驳

必有人说：是的，我彻夜难眠，守着命运的摇篮

夜 半

咫尺之间，没有要说的话

两栋楼之间的空白，很重，也很远

白天被遮蔽的星子其实还在

我在一本书里，看到你

也看到一堵厚实的土墙

哦，原来天空的漏洞有那么小

露出点滴清白

鄂尔多斯边界线就在那里

一本书的第三页

我就会遇见你

想起某人，不能释怀

清水河向北流，我也向北去
三十里外，前红村边躺着那个人
一边有流水，另一边有起伏山峦
是好景致

宁夏的风就这样吹过去了
我想象自己站在高处
能看到一小块地球的状貌——
腾格里沙漠刚好油画一般铺开

有花的地方，是小地方
我向北走得仓皇
小县城的一角忽然陌生得像异乡
我想起某个人，不能释怀

风云起

风云从不问世事，从不关注人类，说来就来
说走，麻雀还没飞起，它们就掠过河流，不见影踪
一股风吹过，荞麦的花朵藏着万古愁
一场雨下到中年、老年，暮年的云才拧出水

让我来给你描述一场是与非的阳光照耀、苦乐花朵
以及低音阶的甜蜜。天空下的树木紧紧抱着度过年月
只是，风雨的章节翻不过去
我不好意思打搅青山辽阔。它们小，它们低于活着的云

晚安，一个人的县城

晚安，星空里的回声遥不可及

我与晚来的微风排着长队

在江山的一隅，与一条河隔岸相望

河水清浅，刚好流过春天

晚安，红柳、沙枣花、山脊上的晚霞和

槐树枝叶间埋首的麻雀

中年的星星亦步亦趋，闪烁其词

一个人的县城，在北方，明月来我房间

当时，我刚好说：晚安

写给你

此日，只是一瞬，时间刻度的轻舟已靠近西山
此日，我被深埋在字里行间，与你一纸相隔
琥珀色的汉字长着翅膀——我体内的废墟上
马莲花开，果浆在此日刚好溢满

交 谈

对着黑夜说话，对着暗处的刺玫说话，对着即逝的今日
应该有必要的交代——我还没有准备好为一座县城命名
旷野包围了风声，它们之间对话，陷于低谷

这里的土地上，花朵微小，河流逼仄
城墙上，有一片古代的祝福词
有些人需要招魂，有些人需要盟誓

六月是虚无的。六月的语速像马莲花逐渐伸开的紫色叶瓣
乞讨者站在民生街口
多么暖和。今日，城市到处是温暖透明的人群

王团镇

古寺之上的烟云是人间的

飘过河流时

渐渐淡去

河流平稳，有中年气象

其中游鱼，小，瘦

不知大海，亦不知湖泊之流

我带一册书，路过玉米地

书中词语

不如玉米葱绿

火车呼啸而过——

王团镇，只是一个简单的节点

像一粒逗号，标注出风吹动的章节

2006 年，一头驴子

从王正鹏的记录中

消失。那肯定是一头过于悲伤的驴子

我以为那是从三分湾出走的驴子

它的族群的荣光，被书写在一首诗中

仿佛记着对它的亏欠

王正鹏家前的糜子地里

每个三月都会长出一个沙尘四起的春天

尘土飞扬的三月就是老虎

从北方的腾格里沙漠远涉而来

一只呼啸飞奔到六盘山麓

在泾河水湄止步

哦，还有麦浪

——消失的地域表征。所有的阳光

都在麦地的上空刷刷作响

那声音会引起打碗碗花的注意

它花朵里细小的甜蜜

是淡淡的白色

白杨树替大丽花站在路边

打量人间的过往

有一二三棵，或者四五六棵

与邮电所、信用社或者粮油店

文化站站在一起

派出所门口，站着龙抓槐

它们各安其命。我不能用文件词

给它们读一段王团镇的历史渊源

它们不懂，也不理我

银平公路两边都是人民

姓李、姓王、姓马

他们分得清

清水河岸边的香茅草、芨芨草

燕蓟蓟草和水蓬

有的长得高，有些开不出好看的花朵

王团镇以南，有庙山

——一座小庙，住着大神仙

气度严肃

在节日，乡间有人才去点香

把苹果和香瓜放在那些穿红戴绿的

木头或者泥塑的神面前

虔诚的人都是好人
弯月高悬的月份，从王团镇看庙山
很高

月亮照着江山和人间的光
使人觉得空旷和苍茫
河水很细

昨天，王团镇的牡丹开了
它们过于热闹，大红大紫的叶瓣
掩饰绿叶，地下沙土才是它们攒下银子

我删掉的一个句子是
"多少年前"。这个句子仿佛是一个癔症
总会被写出来

这个句子不适合王团镇
适合的，需要我去找出来
像春天的风，一遍一遍吹过

我翻过的书页，都是些没有依据的措辞

走出王团镇的每个人，都会被稀薄的阳光

送一程

那阳光，像 2006 年的那头驴子的

目光，低低的，柔软的

把你送过沟南村

傍晚的想法

傍晚的灰色系是迷人的

寂静，清晰，而且有树木在摇动

山比较邈远，水依旧空阔

我说的话：唉，无人可谈大海

这北方气象，坚硬的修饰词如石英石

即使暖风吹来，也不能开花发芽

我得走出去。稀疏的星子逐一隐藏火焰

我有惆怅，也是灰色系的，像麻雀收拢的羽翼

葡萄园

这样的雨，说来就来。在葡萄园

有两棵藤蔓相互对望。它们无法交谈

它们没有语言，读不出甜蜜的音节

这样的风，大面积地吹着

有些葡萄想回家的样子是黄色的

有些白着的，试图被光再照一次

也是江山如画的场景，醇香的河流被罐装起来

两个手指在众多的葡萄中

取出青涩，取出小小的稚嫩的火

路过九公里

昨日离家。现在，路途上的风尘少有古代意味

无人陪我看花

我路过的河流空着

我走过的山峦有树木留下的影子

无边际的旷野里满是风声

路过一个叫九公里的镇子

我没有驻留

街道上的行人都很匆忙

落日的余晖给他们镀上好看的晕黄影子

我路过，一只蛾子路过丛草般

逐火而去

我对这人间保留着极大的

没有逻辑的热爱和一无是处的喜悦

宁 夏

沙棘花把香气藏在山里，其间
一只蜜蜂啄开了辽阔。蚂蚱飞过了
贺兰山阙。黄河最金黄的一节呈现出 S 形的
柔肠。背洋芋的人从甘肃回来的路途上
捎来了六盘山翠绿的春风

三关口的羊把式在唱：
高山的麦子收一石
大麦（哈）收给了两石；
多人的伙里把你看
模样儿（哈）活像个牡丹

多少年后，沙枣树在五月的傍晚
依然将落日从树梢轻轻安放到香山弯弯的缺口

遥远之诗

2017 年是去年，和今年没有不同
枸杞提着灯盏，红柳河畔消磨时光
今年，河水薄弱，云朵仓皇

今年，我没有多余的借口。我记录的都是信笺
一封给青海，一封给新疆，一封给遥远的西藏

离别相去词

窗外有雨，像比喻句：泼天的水洒下来

把我留给你的音讯浸软——我用的方言直接

而紧张，表达的是离别。在雨下的时候

我们之间的空已经补满。倾斜的杯子

混乱的诗句、乐曲都是安静的。雨滴闪烁其词

只是，我们之间的火还在燃烧

这晚春之景，适合一个人离开

离开暗香涌动的花朵，离开

苍穹之下的栅栏透过的微微亮光

苦籽蔓

无趣的苦籽蔓还在保留微小皙白的花朵

这是它个人的事情

与我无关。在河畔的拐弯处

除我之外，不相干的风兀自吹拂

六月了，该开的花都开了

我还没有写下多的物事

还有什么？除了苦籽蔓

在坡地上，对着一河汤汤流水无动于衷

我能记起的经文，都是分行的

这坡地适合埋下点什么

如果是苦籽蔓的一段翠绿的枝叶

想必，来年，它还会从地下把绿坚定地举起来

南风歌

他在读书，把书中的石头一个一个垒在傍晚的
阳台上，如草药一般晾晒
白日梦的病症是治不好的
他的路抵达不了土耳其。如果
嗯，如果有一条河流能泡开纸页上的字迹
那不是马尔马拉海，也不是爱琴海
它们的水流不懂汉语的声母

那么
一节傍晚将会是循环播放的，正如
一节南风还在替我记着一个人样子

葡萄的序数词

一粒如露

一粒圆润如珠

一粒的青涩尚在

一粒洁白的光芒，有清晨的香味

一粒，如落日般，还挂在枝丫间隙

它里面的果酱

盛着迷醉的河流

仿佛，一颗一颗小小的孤独挤在一起

西安城

西安城有个人，长发，瘦高个

西安城曾经有这样一个人

不会念之乎者也。她说：我

有时是黑色的

有时是白色的

那年，我在西安城煮酒

哐胡辣汤，拿一把黑伞

没有遇到押韵的人

在友谊路，我是孤单的

看过的石碑上，都写满了繁复的古代字

要是旧称长安多好。沿途不会遇见

法国梧桐。骑驴的诗人们应该走在

结伴饮酒的路上

我可以陪着西安城的这个人

喝茶饮酒，说几句跟朝廷没关系的话

我想，要在西安城唱的歌是

"去年今日此门中，人面桃花相映红"

可拍板，可吹笛，可方响

我们互相看着，或者

面带微笑，没有对望

六盘山镇

面向北方才是正确的眺望姿势

六盘山上路过的风，给北方留下清亮背景

我在六盘山镇吃包子——王洛宾曾在此打尖

王维在不远处的古代看见落日

而我，尚在农业时代末期

风很慢，想必已与山中年轻的树木

打过招呼

一座山自有它的高远想法，它巨大的影子下

我临窗默读的书名是《庄子》

"凡人心险于山川，难于知天。"

午时，山顶有大鸟

南归，右翅在宁夏，左翅刚好掠过甘肃

我们背向而行——我恰与它相反

我们都没有万古愁

一道山涧没有藏住水声，天空云朵的石头倾泻而下

月光曲

1

水里的春天有一节月光的尾巴

晃着——搅碎的银子，买不来一朵完整的云

我饮下一小杯药酒，就有火焰从眼睛里

烧出来。陈旧的身体里有座花园

苦涩的艾蒿、祛风的巴戟天

宁心的合欢、散热的金银花

翅翼舒张的木蝴蝶使我心怀敬畏

呵，此日之漫长，刚好够群鱼浮出水面

我提笔记下时光中粗粝的一部分

那么潦草！那么迅捷！像颓败的诗行

还没有还原到诗册中——

有闪光的词语在独自奔跑

有掉队的词语走上歧途

回家的水轻轻落下

刚好熄灭眼中的崎岖火焰

2

风是薄情的。月光不改初衷

——被风轻握着路过树木

刺槐焦红的尖刺截取了冰冷的一星

它颤抖着，表达不出来欢愉

它刺破风的时候，发出呲呲的拟声词

我还在期待身体做出反应

开花的木门就已打开

留着将要补充的空白

"我有囷，生之杞乎。"

故事的素材慢慢溢出

春天的仁慈，来到小城的郊区

带着水汽弥漫的邮件

3

从前，有人住在月光里读书，读一座城池

城里的人开仓放粮、守护灯火

在一场细雨的语序里埋下闪电

从前，土地没有暗疾

月光皈依水流

有些水的颂词只献给月光

抑扬顿挫的语调，都刻在石碑上

我将它们解读为疼痛

——语言的疼痛

像一片空着的水

从前，一掬水可映出五月的秘境

又冰又亮，空空如也

4

现在，是该给靠近天空的山峦

一些证据。月光曾在此深眠

庙宇的回声奔涌而出

大段落的经文里利刃凸显

切入诗歌缄默的骨缝

我梦见一个人带领狼群

浪迹荒野。群山的背景低下来

像理性的隐喻

不再有孤立的赞词

一道光如约而至

呵，山上的典籍字尽词穷

花朵倾斜，花朵没有苍茫的慰藉

5

"我如微尘，附着于虫豸翅间，不深情

我借月光衬托黑。我论证律令的失败之处

毫无疑问，词语的伪命题不能抒情

至于火的意义，是光芒间趋于洁白的那一部分

纸张上的白，就是向前指引的路途"

"神仙们蛰伏了。神仙的脊梁上刻着哲学的

纹路。已然无法读懂，隐晦的谜底藏在字的下面

就像病句，未被修改。人间的美学

还在补充修饰词。一些书合上

收服的字已被掩盖"

在傍晚，月光温雅

独坐水面，一摇一晃，心甘情愿

6

迟到的表述不会有诗意：一个迟到的人

失却气运。但，一个国度不会

月光铺下来，一个国度亮着

她的山河醒来。她的草木散着芳香

放归的鸽群驮着星辰

点亮一条河。夜莺飞翔在歌声里

唱词里的诗意曲折、静美

古代的马车牵出不眠者

作为主角的月亮，刚好在我头顶

余光给我的梦境填上暖色

我在东——东即高地

而西，一片汪洋恣肆的水

始于奔跑

呵，月之将出

北半球持有证词，雪松在山顶托着一片月光

念去去，时光陈旧如摇曳灯烛

我总以一颗迟钝之心回到过去，回到地理学的动词
我无法数清收集到的温暖病症：咳嗽是翻开笔记本找到的
胃痉挛再犯一次——我使劲按住时光陈旧如摇曳灯烛

那时，我在打碗碗花微小的白色骨朵上心有企图
我还记得一个名叫马耀成的小学同学沿街乞讨
他用分币让我保持秘密。现在，灯烛黯淡，我想着一个人

他已消瘦死去——"逝者如斯夫"，时间的河流久远
今晚，三百公里之外地震。我已失聪，内心的火
殃及一行简短诗句。念去去，所有的归宿都交出颤抖谜语

深秋过黄河速记

我保持流淌的样子

隔着我，汤汤水上

云朵散乱仿佛冰碴子——隔着云朵

再向上，青灰色调很淡

我心生罪孽

水中的腥味并不轻松

云朵不是苍白的纸页

水鸟高声叫出的标点无迹可寻

过黄河，河水是旧的

在拐弯的一瞬间，我看到

之上，有些高，之下，河床上的干草

铺开了一望无际的坚韧枯萎

雨水歌

我记得七八年前有过这样的雨：茂密而浓烈
像一场往事。如今，穿着风的长袍，雨像
一枚枚钉子，钉住一棵棵刚探头的草

如今，我不在城市
在乡村的路上，一个女人背着玉米经过我
久违了的情节。我隔着雨和她擦肩而过

像一个城市和乡村擦肩而过
像一个时代和一个过渡擦肩而过
像一个人和自己擦肩而过

山 谷

山谷里有唐代的雨，槐树和莎草都活在中世纪

一个一个排开的虫豸，是蚂蚁的急行军

它们对白云是不屑一顾的

不至于用自己的黑做细小的照应

蚂蚁在现代。雨水的年份久远，落在地上

自己消解自己。山谷里藏着世事之外的景象

没有出处的石头，不在乎春天绿，冬天白

一动不动地守住内心

山谷会收容一些细小、局部的玩意儿

将光芒埋下去，夜晚的黑也会埋下去

风是局部的，也是有限的

它只在山谷深埋着低低的安静

原壤歌

山川高哪，高过月光

月光清凉。一朵野棉花

烧着绿火焰

红柳提示河流

铁线莲开在山腰

我在八月听到的歌声太陡峭

——"山里的山丹山里开，川里的马莲是韭菜"

你看，西风已经吹开天空的花朵

露出贺兰山顶上的圆月亮

一个下午的章节

无人可等，傍晚的太阳就下山了

云堆积在一起，我只听着风唱歌

一日之末，湖面上的水鸭，都找到了自己的影子

灯火阑珊处，县城里有人还在数着星星

那些合金的星星，白光外有好看的黄晕

大的大，小的有线形标识

我等的人在小说里说话

她的叙述是直接的。我还没说出她的名字

一轮圆月，就提着河流走到夜空，不徐不疾

我在花园中看到圆月

小径沿途白杨安静，它们持有盎然之绿

我只是想离开另一个自己

——那个深陷于初秋词语中，不能自拔的人

九月里，信风携带着河流的密码

这片山垣起伏如图画

寂静，适合细细阅读一张月亮的脸

看不清花朵。花园里的抒情诗

我写不出来

排箫和口琴犹如被风吹着

蟋蟀们的轻吟，断续、绵长

有七言的节奏。秋天呵

花园里的人民将被光一次次照耀

那圆月的古典是先秦的，或许是明代的

硕大的园蛛在我眼前描绘长篇的叙事

细节闪烁

我与圆月，袖手旁观

长 堤

风一声，水一声
都在现实的峡谷里念经

沿着长堤行走
我与县城隔河相望

那里的人不用操持五谷
不再用一把梯子爬上云朵

河里的游鱼爱好光明
两只肤色墨绿的在中午，露出脑袋看阳光

它们或许会看一万年
我在长堤边，有一秒钟的幸福感

河水试图将所有的阳光抱在怀里
我满怀爱意，多情地坐在几株红柳身边

仙岩辞

初秋，有人南下
在江南的旧时光里看云
江南山野多树，树上的花
都是隐士，在山中藏住甜蜜

一段小镇的路，可以容下几个人的扶持
空气是湿的——这被忽略诗意的句子中
有密集的水声
像极了路边的人一声长叹：啊

巷道曲折，楼房有些新意
店铺里的手艺人不问世事
他们是仙岩人，操持着当代的
犁杖、布匹和果酒

黄昏后，南方的星星露出清白光芒
听知了说起过往
当时，人已醉
不知已在他乡

九月末

九月末，雨多起来了

小城里南去北往的两条路

指明了风的去向

我喜欢的花朵

还在路边红着

我看着流过几十年的清水河

驮着云朵，路过红柳滩时

压低了试探的水声

麻雀飞起

它们的族群庞大而矫健

月末的傍晚来得极快

新区的一段路上，几个明媚的人

忽然就暗下来

我没看到黄昏的余光，只有

沿途的灯盏守着薄薄的傍晚

书页合住某人的一生

我觉得，纸页上某些人可以复活一次
简单地，平铺直叙式地再活一次，没有时间的维度
用字。精神被提炼出来，动作被赦免
每个看到的人都可以作为上帝出现
指点并纠正意愿的走向和角度

一节流水和半段山峦，会组成新的场景。虚构是想象的
一部分。一个篇章里的教堂，躲避的宿命
在泪光里闪亮被怀念的那一部分
某人，穿着过去的外套，亮出现在的身份
——喜爱善，也深爱着恶

祝福那些写字的手，祝福那些挑剔眼光
祝福那些灯光——照亮的字迹里有人
安静地将自己再表述一遍
熟悉的书房，或破败、或崭新。书页合住某人的一生
也可以打开，如此而已

这些天

读巴别尔，词语的君主

铺开煌煌章节。这些天

我的焦虑症表现为无所事事

无辜的巴别尔给我说着安静的词语

我愿意将这微小的喜悦

拿出来，呈现给阔大的世界

只到，落日终止了时间

你的背影

终止了想念

心有戚戚

暮色阑珊

飞快的鸟

落于花丛

我心戚戚

天宇幽暗

河流藏好光芒

星野，蓦然降临人间

我心有戚戚

一座城池回到古代

我才能与你相遇

你离开时，我们没有说话

当时，人类还没有语言

有一年，我不满意

有一年，我对自己一点也不满意

所有的书，都与我保持距离

我浪费了很好的光阴

跑去城郊，看着火车从县城呼啸而过

遇见的陌生人，他们都光荣地佩戴姓氏

在县城里走动

天空不断地轮换阳光和新月

我不满意

城外的河流是盗窃分子，我怀疑它偷走来路

我不满意诗歌、音乐、话剧

不如经书

给我能指明方向

我觉得，小城紧紧困住了我

在年末，路边簇拥的大丽花

开得异常好看。我宽恕了自己

那时，我正好被火车运送回来

鸳鸯湖

湖史记载：湖中鱼，它们的江山称为水域

一鱼一国王。它们的族群随波逐流

遇见国王不叩首

它们素食。有时，舍己为人

水留存的云朵像字据——记下时间的迅捷

有鸟，以单音节念着经文，其名鸳鸯

吃甲虫，吃草根，在水面行走

它们不读书，亦不懂哲学

它们没有给湖泊命名

对于鱼而言，这国度的疆界如此辽阔

十里江山，够供奉一生的欢愉

一湖春水，够洗净白云，或者，落日

陌上歌

去年，我在这里送走过

一个丢掉名字的人。今天，我抓了一把土

撒在风中，不知道他是不是还走在这条路上

和我一样，满身风尘，面对河流

洗濯旧事，没有悲伤

陌上，云朵锈迹斑驳

麻雀飞在空中，喊我回家

秦长城

风吹到现代，吹到一堵城墙前

就能复习一遍秦代

芨芨草，无籍可查

第五十代孙？第八十代孙？

它只负责摇晃绿色的长须

现在，没有万古愁。有野蜂

有打碗碗花，都有年轻的样子

兀自飞

兀自散发微薄香气

哎呀，都是高兴的样子

一座颓废的城墙，满面皱纹

老了，即使一只花色美丽的鸟

飞过去，它也不欣赏

它对美学的鉴别几近迟疑

迟过了多少朝代？风也不记得

夜 雨

暮晚之时，过去的细雨随风而至
很久了，我一直没有再见到初冬的雨
她的外表冷清，在今夜，使用陈旧的时间

细微……

风吹在河畔的小城，氤氲的光线在颤抖
将北方压得低下来
槐树的枝丫做出迎接的手势

湿润……

现在，天空的信件刚好抵达
我想着小城中的某人
刚好打开窗子，一遍一遍地寻找自己

七八颗星天外

沿河畔行走，槐树、刺玫布局斑斓

菊花黄、菊花红

一棵泛黄的香茅草摇头晃脑

对风说：迟啦

那时，风已漫过西山

傍晚，我来这里，目睹了很多石头的

孤单。冬夜，长天看起来比河流宽阔

回家的麻雀不说话

西山不远，关上余光的门楣

几只银针就扎在山巅

一个夜晚暮色新鲜

河流压低身子，七八颗星

亮在天外，我缺少暗喻的指认

突兀的是：一只尚未睡觉的青蛙

及时发出的单音节词里，有双关语

古经说

夫惟风起北方原野，四海之内
天象昏黄。尘世之外的云朵
刻着金色光芒
是谕示。我在一条河的岸边
读庄子

庄子凡三十三言，说寓言
说天地，大小无论
这节气，秋水汤汤
山木蟠峋
我忘却人间事

我能忘却多少事?
记起你时，情何以堪
在无垠西部，广大傍晚
天狼星气势壮阔
栩栩然。我们在梦中相见

时光的列车走向天边

河流边，槐树上绕着槲寄生，绿色的
倒映在水中呈丝缕状。时值傍晚
落日的余光在我看来，带着些许忧伤
潺潺流淌

河流运送着天空几片多余的黄金
河岸的中年人扔出命运的石头
微澜荡漾
几只麻雀飞起

旋即，落于枝丫间隙
它们藏住自己
黄昏即逝，像启动的列车
载着时代的傍晚走向天边

山羊经

1

十月，山羊上山坡

满山坡的月光

照耀草。

山阴处，山羊吃着月光

月光，在山阳处

有一张翠绿的脸面

2

月光的河流，被风吹皱

轻轻地过流过半个城

我需要一种慢速度的抒写

给羊圈上空

布置星空般的字迹

——天狼星闪烁其词

发出幽暗的光

3

山羊撒在山畔的词语

会在来年发芽，开花

结出小小的梦迹

4

山羊不说话，不忧伤

不笑

谨守山坡的

纪律

5

到山上去。工业留在人间

流水还很清澈

有时，倒影一片云朵

有时，倒影几只山羊

——它们高过飞鸟

低于天空

6

山羊只修正急于表达自己的

蒿草的命运

7

在半个城，有过山羊的传说

——记录在羊皮上

关于它们的歌谣

需要轻敲羊胛骨伴奏

单音节的唱腔

散发出青草的气息

8

"山羊的孤独在山里"

"它们站在高处打量人间"

"山羊的目光是山坡上唯一的证据"

"冬天,它们嚼着雪花"

"四季,在山羊毛发间流传"

9

相传,山羊爱着花朵

它们相互为饥饿牺牲

在山中,岩石为他们

作证

10

寻找一个词,一个动词

在山畔处,在山坡上

路过的闪电悄无声息

一株曲折的刺槐下

有个词一动不动

——山羊

11

野火烧青草

青草茂密

乌鸦念经

石头做纸

山羊的白，或者黑

就像一是一

二是二

12

山顶上，停着山羊

山羊背上，停着云朵

云朵上，停着光芒

当时，光芒里

有成吨的金子

窑山盛产一切

山峦的身体里有煤，有铁，有金银
都是新鲜的。山坡上
一只黄鹂子张开翅膀
背着一天的行程。沙枣树已经开始落叶
香茅草在田埂下藏着黄绿相间的家谱

窑山不高。蚂蚁的部队，对我这样陌生的
闯入者，表现出警惕
时值初冬，有暖阳将白色腰身安置在山岗
我奔波的前程崎岖，路过窑山时
烟火浓烈的黄昏刚好谢幕

关于一个湖泊的提纲

我在河边的发现：一条河

由北往南，不停不息

一条河倒影的麻雀和乌鸦大小一样

写意般的点缀了水

河流统治的卵石

都是湿的

我在一段水流的章节中

读到光芒渐变的隐喻

三天之喻

三天，郊区的原野上风吹着茅草

县城里，广告上的药物治疗软弱的词语

我在三天之中写下的所有短句，都不能成为印证

我的梦境里：你手持绳索

拴住了狂奔的石头

石头苍白，石头屏住粗粝的气息

傍晚的流星给山峦一侧画上句号

谁住在山下，在县城之外

替我收藏暮色，以及有关你的星辰

漫过人间的河流

一个词：舟渡

对岸的风景，有些树木绿色还在

草都有名字

只不过，姓氏不一样罢了

我在河岸的留言，一个一个

石头一样布满的藓衣

你乘坐的马车路过时

有个石头刚好开着花朵

然后，河流汤汤而下

漫过人间

辞藻鲜艳

形容巨大的星空和你的样子

尽余欢

我荒废的夜晚漫长。山河抽象：风吹不动矗着的槐树

槐树不值得书写——槐树总是在凋落最后一片叶子之后

才肯把骨头露出来，等春风再次吹拂

我还保留昨天的余温，给你的信笺上小楷写出花朵的抒情

不像个坏人：说往事，说掌故，说我还爱着你，像个孩子

一个字一个字的说

有时忘了断句，忘了像写诗一样，省略掉出处

阳春歌

初春应有之景：花朵开在诗书的字里行间

有的开在天空：白色的、透明的——落下来

只为照料苍黄人间。向晚之风

扛着窃取的厚密云朵走在郊区的小路上

这时节，应该是一个人的盛宴

一个重新活一次的人，还有很多空白需要补上

另一个人的想念

相隔的楼宇都是万水千山。击节而歌者歌曰

"山有木兮木有枝"

"日月昭昭乎浸已驰"

我爱的地方：一座背山临水小城，有小段落的故事

在阳春次第出场的物事：手持大丽花的人艳俗

满面枝条的槐树告老还乡

南风吹来，实不能抚慰我心中戚戚

月 亮

一公里的路。沿途的香茅草、大丽花、芨芨草和
水蓬都是安静的。村子就在不远处，沿途的路年已古稀
原野在暮色中铺开无边空虚，呈现的是淡黑色：潦草、单调
前面等我的人亮着：披着月光，有着陡峭的静默的阴影
我想在暗夜里敲响多年未曾响起的门声，未曾预料
一道光照着我，照着我二十年前就已昏暗的两眼烛火
以及蕴藏的微微刺痛的闪电

五 月

夜晚忽然来了，像一块黑色标本

我记着的场景：在五月的幸福是独立的

她能看到的路途是无垠汪洋。一个人抱着

香樟树的信札，在对岸等待落日。谁能泅游到岸上

来到这个尘世给她花朵，给她晚风吹拂的歌吟

这是一场迷局，写诗的人像鬼，藏在黑的背面

诗集里的词语有着宏大叙事的构架

仿佛是呼喊，有人会坐起来，茫然不知所以

五月的歧途，春天的气息是安静的

没有相遇，只有暮霭沉沉的提念

你知道：有人写的歌谣是干涩的，没有水分

但，提灯看诗的人，心里都有一片狂野的抒情天空

但，五月的边沿有花朵——

它们照料的人间色彩依然鲜艳

半个城

1

在半个城，我的行李包括

一条小河，三座山峦和一把芨芨草

它们一年绿一次，在两个季节里

分别黄一次，瘦一次

它们，很重

2

半个城里有中国的飞鸟

赤翼，黄喙，其名黄鹂子

在春天，它们的爱情是飞翔

秋天，它们的家园在半个城

河流一侧的原野，容纳月光的修辞

3

我叙说的河流纤细曲折

上游，来自山间。下游，与云朵相遇

在半个城，地下晃动的火焰
从地面上升起，开着红色花朵

被雪花，浇灭

4
一半的大地平坦，一半陡峭
山羊，留下影子

所有的风，完整地吹过另一半
风是绚烂的

人间的合唱，清新，美好

5
有个人。我的描述不太确切
她喜欢在山里，看云听雨

她在屋檐下最美。粉红的晚霞
是一条悲伤的鱼

她眼中的池塘，盛着流水

6

时光是奔跑的。半个城外

墙垛上的莎草，又长了一岁

一岁之中，文字陈旧的颜色

是一个接着一个变成灰白色

之后，故事里没有错字

7

清晨，城里的灯火是热的

我在这一半城池里，放下黑夜

我会爱你，用多汁的水蓬草

诉说，灰尘般细微的爱意

词语复活了诗意，一座城有鲜艳的面容